U0605675

凉州引

古马 著

甘肃文化出版社

甘肃·兰州

图书在版编目（CIP）数据

凉州引 / 古马著. -- 兰州 : 甘肃文化出版社,
2024.6
ISBN 978-7-5490-2971-6

Ⅰ. ①凉… Ⅱ. ①古… Ⅲ. ①诗集－中国－当代
Ⅳ. ①I227

中国国家版本馆CIP数据核字(2024)第104206号

凉州引

古　马 | 著

责任编辑 | 张莎莎
封面设计 | 石　璞

出版发行 | 甘肃文化出版社
网　　址 | http://www.gswenhua.cn
投稿邮箱 | gswenhuapress@163.com
地　　址 | 兰州市城关区曹家巷1号　730030（邮编）

营销中心 | 贾　莉　　王　俊
电　　话 | 0931-2131306

印　　刷 | 兰州新华印刷厂
开　　本 | 889毫米×1194毫米　1/32
字　　数 | 100千
印　　张 | 6.375
版　　次 | 2024年6月第1版
印　　次 | 2024年6月第1次
书　　号 | ISBN 978-7-5490-2971-6
定　　价 | 48.00元

一骑绝尘念古马

沈 奇

当代西部诗歌，"新古典"之古马，"饮风如酒"，"我行其野"，一骑绝尘，在在令人惊艳叹服！

古马式的"新古典"西部诗歌，接地气，接天气，接心气，接神气，和古调，和今声，和乡音，和新韵——土洋土洋的复合味道里，将隐约惆怅于现代化尘嚣背面的西部传统乡土故园之风物、之风情、之风华，且忆且思且吟且歌得山长水远、情深意邈而荡气回肠。

"新古典"式的古马西部诗歌，几许幽幽，几许烈烈，几许古歌古调古意中，灵光现代之思与现实之忖——鹰眼里闪跃鹰的词语，松根中盘屈松的音韵：古歌新韵里有阳光洗脸的种子发芽，新韵古歌中有雪水漱口的花蕾绽放，而边缘自若，一枝独秀，兀自生生而燦然。

如此西部，如此古马，如此以本初心性与自然之美为归所的"拾荒者"之诗意行旅，以其"眉毛挂霜的灵魂"，以其情怀大于事功的心性，古歌新秀，越众独俦，而诚恳依旧，留待知音华章漫与共，并暗自交换"流浪的方向"（郑愁予）。

2023 仲夏

诗人古马的游子意

人　邻

　　古马，凉州人。武威，武而威，可还是凉州好，一个"凉"字，不唯是荒寒，一望无人，亦是"大漠孤烟直，长河落日圆"的浩瀚气象。于肉身本命于此的诗人古马来说，这"凉"，亦是凉风、凉意的陡起，是如水月夜，是热爱的小女子掩怀银子一样的凉，亦是秋风猎猎，六尺男儿的如云剑气之凉。

　　凉州太古老，四五千年前就有戎、崔、月氏、乌孙等北方民族聚居繁衍。汉武帝元封五年（前106年）设凉州刺史部之后，凉州逐渐成为西北仅次于长安的古城，中原与西域交流的枢纽，"丝绸之路"西段的要隘，并一度成为中国北方的佛教中心。

　　古马，少年凉州，及长金陵求学，继而游子盘桓金城，娶妻生子，于世间万物独钟情于诗。金城居，而诗人却时常西望五百里外，儿女情长，是诗人难忘的凉州。而其三十年间的缠绵磨砺，诗意之独造，亦多是游子意绪萦怀，对故土的不舍思念。

古马的诗，其意味，不舍故土，其词语，于古典现代之间跨越而汲取，亦于低眉凝思间，掇拾凉州气息，不避古雅俚俗，一一甄选，银勺取水，妙然入诗。

七月在野
葵花黄

鹞子翻身
天空空

雀斑上脸
井水清

抱着石头
青苔亲

铁丝箍桶
腰扭伤

鹞子眼尖
花淌汗

鹞子冲天
天下嘛——

白日梦里

一个小小的村庄

——《鹞子》

这样的诗，是古歌谣的现在，《诗经》的现在，《古诗十九首》的现在，亦是现在对于古老诗歌的敬意回溯。千年，可归一瞬，古代何必不是现在，现在又何必不是古代。意大利隐逸派诗人夸西莫多写有关于时间的诗《瞬息间是夜晚》——

每一个人

偎依着大地的胸怀

孤寂地裸露在阳光之下

瞬息间是夜晚

（吕同六 译）

最好的诗，是具有穿越性的，具备恒久的品质。它们从泥土里生长出来，带着自然的滋养，大美而自足。那些古老的词汇，带着原生的意义，在现代诗人的点睛之下，它们复活，再生，因其古老，可解亦不可以完全解，因古老生命的延续本是不可解的。

古马关注的不唯是诗意，而是人类生存的古老根基和它背后隐藏的更大生命的秘密：

大清早

男人上房扫雪

女人入厨烫猪头

除夕将至

……

为春神设座

搁白色石头于田埂之上
祈求六畜兴旺五谷丰登
牛马的蹄窝里
撒胡麻黄豆及五色小麦
……
茴香焙盐
祛除腹胀

萝卜蘸糖
美好姻缘
……
韭叶宽的路咋走哩
韭叶细的腰没揽过

　　这些诗句里面蕴含的不唯是古老的意义，而是随着时间恒久存在了下来的，是诗的，亦并非全然是诗的，而恰恰是这些，才具有着更宏阔的不可限定的诗意。生命的根脉，为某种神秘意志支配，不会随着所谓时间的更新技术的改变，而改变其血脉。这些诗意的场景，不因其古老而失却现实意义。借助诗人的词语，它们所有的当下复活，都是对生命本身再次的繁茂催发，是对生命本身的敬畏和感恩。这些既古老又因为再一次为诗人所用而鲜活起来的词语，在复活本身之外，再一次产生了对照碰撞于当下的新诗义。"我们是谁？我们从哪里来？要到哪里去？"古老的追问，必须从最古老的时间里，才能解释和认定。我们就是我们，我们从我们而来，我们要去的地方，是万物之神最终安妥了我们肉身的不可知的神秘星空。

古马家族一脉，根植凉州。古马眷恋的母亲，多年前去世，亦是安歇于斯。想起谁说过的话，只有埋葬着亲人的地方才是故乡。母亲去世，古马写了很多怀念的诗，那怀念又岂不是怀念他一代代先祖安歇的故乡。他的那些诗，诗里的词语，亦该是"游子身上衣，临行密密缝"的母亲留下的密密针脚。

古马这些诗，以一个游子，反哺了凉州。经由这些诗，凉州以它既新鲜亦古老的面目，坐西而望东，呈现出它独有的妖娆风姿。

这些诗以其简，可以书于木简，编之简牍，更远的游子，可以携之远行，于暮色四合间，一盏灯烛，三两小菜，下一壶老酒而无限回味的。古马自己，亦是可以月下觅一荒寒无人境，悄然埋下几枚心疼的诗句，合十默默，拜托于苍茫，而后转身离去的。岁月倏忽而逝，十年百年，风吹沙起，这些诗句为旅人拾起，拂去沙尘，读读，是怎样的感慨啊。

诗，因其本身的不及物而不朽，而成为人类对抗虚无的几乎唯一。而古马笔下的凉州，亦是以其不及物的另一种实在，为凉州留影，留念，留存。

而这，即是这本诗集的意义。

2023 年 7 月兰州小南房

目 录

寄自丝绸之路某个古代驿站的八封私信

一

用一支鹰翎
给远方写信

草已枯，雪已尽
戴着鹰的王冠
春天骑马上路

而你，能够一眼认出
大路上的春天
是你小路上的爱人吗

二

扯开你丝绸的衬衫
曾为我包扎灵魂的伤口

驿站的小女儿
我裹着野花远行

我的身躯？你的身躯？
水和岩石，叫作火焰

三

叫声最亮的蟋蟀
秋天的玉
镶在我的帽子上

四

蜂巢
这春天的鞍囊里
装着虎皮书、剑
以及一点点
贿赂死亡的甜食

策马仗剑
死亡啊，请让我从你眼皮下经过

我要完成他人的嘱托
把蜇痛的情书
送抵你下面一站

五

翻捡旧信
寻找一个省略号

我是不开花的肉体
得到花的浇灌

六

月光
像一条禁律或是
一枝印度郁金香
躺在私人日记上

风，不许乱翻

七

太阳下的蚂蚁
是黑暗的碎屑
它们聚集着
仿佛有一双看不见的手
正在努力修复一封

被扯碎的家信

八

路上坑多　天上星多
鹰的灵魂夜晚飞翔
在寻找新的寓所，并且
通过风的手
把黑暗的花
安插进我疼痛的
骨头缝里

今夜呵，我是生和死的旅馆
像世界一样，辽阔无垠

1997.5

柴

谁的山上有柴
谁肯让我上山去砍
而不知名的樵夫
已经背着落日
背着大红的颜色
下山了

望尘莫及
晚风刮走我的血肉
我形销骨立
立一排干柴

1994.

凉州引

墨绘木牛车

焉支花

根下单于睡觉
头上牛羊乱跑

焉支花
颜色在你手里
你举着一年一度的云

风儿吹
手儿摇

祁连山下的女子
脸似胭脂腰似草

1995.

河西古道

是谁走向丝绸
一路驼铃丁当

露丁当

古道下面
怀孕的波斯菊
她的红宝石耳坠
在春夜里

丁丁
当当

1995.

雪水歌

雪水呵

曾是焉支花涂抹胭脂时的镜子

曾是乳房的偶像

青稞的腰带

男人和女人相互缠绕于黑夜的手臂

曾是一串跑动起来就哗哗乱响的铜铁兽骨零碎饰物

曾是绕过篝火熏黑的牛皮帐篷跑向天边的一支牧歌

曾是牛羊含盐的眼瞳含满感激……

雪水漂来落花

但不要送来刀剑

带走了我的春天和夏天

但请留下

回忆的月亮

1999.9.25

三彩文吏俑

凉州引

白杨树

白杨树
村庄宁静的女儿
月光的姊妹

白天姓白
黑夜还叫白杨

白杨配黑马
我鞍前是路
路像开弓没有回头的箭
马后
越来越远
站着
你美丽又凄凉的名字

一朵乌云擦不掉的名字
一条小溪
日夜不停挂在嘴边的名字

白天姓白

黑夜你还叫白杨

白杨悲风
风把你吹到我怀里
风把一对忽闪的大眼睛
刻在我心上

1999.9.24

我捡到一枚汉代五铢钱

瀚海的月亮
真的太寂寞了
换一只黄泥埙吹给她听呢
还是买上半碗浊酒挡寒

一枚小钱
那锈在上面的戍卒的指纹
汉代掂量到现代
轻掂量到重

1999.10.20

河西都会

在烽火墩上眺望远方

方圆八千里戈壁
一列火车
仿佛一段开小差的长城
轰轰隆隆
离汉朝和明朝愈来愈远了

铁道下的枕木
和那睡醒后抖落满身黄沙的
根根白骨
在风清月白的夜晚
会集结成队伍
浩浩荡荡朝我开来吗

至今
我还用心保存着一粒狼粪火的火种呀

1999. 10. 21

鹞 子

七月在野
葵花黄

鹞子翻身
天空空

雀斑上脸
井水清

抱着石头
青苔亲

铁丝箍桶
腰扭伤

鹞子眼尖
花淌汗

鹞子冲天

天下嘛——

白日梦里
一个小小的村庄

2000.12.30

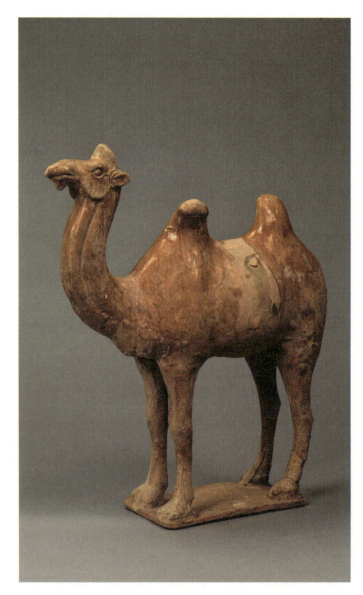

三彩骆驼

凉州引

河西走廊的风

我的趣味
是在历史经线与现实纬线相交的无数个点上
确认自己的一滴热血

——题记

一

草尖上翻飞着蝴蝶
草根下必定有吹羌笛的白骨
吹露为花
吹石成沙

向西，向西——
凭借风的好力气
咣当撞开玉门
一脚踏进盛唐

二

人有自己的霜

野花的血已经变凉

风刮落的果实
是遍野的星星

风告诉你的
是它的经历

野花留下根
好像人的秘密

不要说破一切
不要跟风

一朵磷火之后
不再有一声鸡叫

三

风吹牛角弯
吹跑一口刀上的积雪
风呵，北斗七星
迟早吹灭

风吹绿了我的怀抱
吹醒了水和杏花

风若带来云雨
记忆就带来遗忘的嫁妆

四

溪水中的白石头
穷人的女儿扫过的地也很干净

风踏断她家门槛
花儿自草尖刮落

风刮掉帽子
自己去撵

五

雨后
一株有毒的花蘑菇
恍若彩色插图

鸣叫的飞禽

是逃离风口的经文
带着天空逃向大地边缘

2001. 10. 1

雪　景

积雪的山坡上
依次出现一只蜘蛛、一只彩蝶
在蜘蛛与彩蝶之间
在你我之间
用疼爱分发热量的太阳没有偏心

让那只蜘蛛追赶黑夜去吧
振翅的彩蝶是夏天投递的一封情书
经过秋天、你和我
将被山阴的雪收藏

此刻，只有我们的心跳
为寂静读秒

——哦，不要有风
如果有一点风声
我们的心立刻像两只脱兔
绕过眼前那丛蓬乱的荒草
跑向山顶离太阳最近的雪
跑进离黄金最近的白银

2001.10.30

凉州引

马牙雪山

黄昏谣

小布谷，小布谷
水银泻进了麦地

炊烟温暖
河水忧伤

和村庄隔河相望的坟墓
离过去很近离我不远

黄昏，黄昏是
被白天砍掉了旁枝的
白杨，头戴一颗明星
站在乡间的土路上

水银泻进了麦地
小布谷，小布谷
收起你的声音

请死去的人用磷点灯
让活着的
用血熬油

2002.6.23

西凉月光小曲

月光如我
到你床沿

月光怀玉
碰见你手腕

月光拾起木梳
半截在你手里

另外半截
插在风前

一把锈蚀的刀
插在焉支以南

大雪铺路
向西有牛羊的尸骨

借光回家
取蜜在你舌尖

2003.3.23

凉州野调

三九四九
冻掉嘴唇

男人们袖着手
在雪地里跺脚

乌鸦就像黑棉鞋
就像唐朝的乌鸦
乌鸦就像黑皮靴
就像西夏的乌鸦

狐狸钻进红柳丛
野火遇见了野火

2002.6.23

西凉短歌

一

牛羊归栏不数头
暮雪随后

瞎子埋玉山沟
翠袖提灯上楼

灯花三结
河西小憩

铁马入梦
天下大愁

二

蓝马鸡溜过冰雪地
榆树瘦倒的影子
观音土扶起

三

黄羊血
葡萄酒
红柳吐火

为邪所侵
水碗立箸以测鬼
桃柳为符
遂钉恶鬼于乱石间

四

大清早
男人上房扫雪
女人入厨烫猪头
除夕将至

午时刚过
灶王爷不请自来
捉襟见肘
见自家白菜冻成冰

冰糖烧酒

多多益善

五

大年初一
牛头系红马首挂绿
出行垅上

为春神设座
搁白色石头于田埂之上
祈求六畜兴旺五谷丰登
牛马的蹄窝里
撒胡麻黄豆及五色小麦

六

柳条儿青青
野艾长成

柳条儿摇摇
狸猫在叫

柳条儿飐飐
纳鞋穿帮

柳条儿软软
思念绵绵

柳条儿柔柔
爱是难受

柳条儿褪骨
野人吹笛

柳条儿带露
泪水如玉

柳条儿似鞭
秋风呜咽

柳条儿如铁
情不该绝

七

三星高照
照见兔子的嘴巴

一个腭裂的人

兴许出家
兴许回家

苜蓿开花
瞧，处处像她

八

茴香焙盐
祛除腹胀

萝卜蘸糖
美好姻缘

九

鸱枭如刀
风如割
割一缕韭菜惹出祸

韭叶宽的路咋走哩
韭叶细的腰没揽过

我的幸福

只比这韭菜中的水分多出一点
我的脸色却比春天的绿

十

胡麻吹筚篥
汉人坐胡床

一个瘦男子
他指着落日的手指
像失血的胡萝卜
渐渐变黑，风干

2003.8.2

凉州引

梦幻西凉

生羊皮之歌

白云自白
白如阏氏

老鸹自噪
噪裂山谷

雪水北去
大雁南渡

秋风过膝
黄草齐眉

离离匈奴
如歌如诉

拜月祭日
射狐猎兔

拔刃一尺
其心可诛

长城逶迤
大好苜蓿

青稞炒熟
生剥羊皮

披而为衣
睡则当铺

羊皮作书
汉人如字

2003.8.30

秋日私语

背着弓走在衰草连天的草原上
我长久地沉默着

一群噗噜噜飞过的野鸽子
它们的眼睛，我相信是远远的
三两座灵塔中的舍利
我相信怀孕的野兔会突然把直线跑成折线
在我尚未抽弓之际早已窜到云朵后面

天黑下来以后
我会把因秋霜而受潮的箭杆
在篝火边细心烤直
我还相信
黑夜会在附近的灌木丛中注视我
像一个过于肥胖的野兽
微微喘着粗气

2003.9.7

西凉谣辞

一

二月炒黄豆
三月走耕牛

犁铧尖尖的银子
祖父的银胡梳
埋进土里

去相远，来相近
梨花临风——

有那么白
有那么嫩

水流来的祁连雪
哎呀，我心发慌

二

大河驿，流水冲出头盖骨

磷火过沙碛
旧鬼串亲戚

新鬼殷勤
头上顶着沙葱

三

铜裹铁，木槽破
饮马将军秋风客

秋风过后
一只刚刚产下的羔儿
在母黄羊的舔舐下站起，跌倒
⋯⋯旋又摇摇晃晃地站立于漠野

四

剪断脐带
即涂麝香于婴儿肚脐

不拉肚子

从春到夏
布谷在叫
长高长高

五

石屠夫，吕屠夫
夜里梦见血脖子

雪地飞过红鸽子
樱桃枝叼在嘴里

六

落雪落雪
求偶于野

雄鸽转圈
冷风如割

雌鸽咕咕
关河明灭

前凉抱灰
后凉跟随

穿他北凉牛皮鞋
犁我南山雪

——天下无事

七

蜘蛛盘丝
英雄鬼没神出

红灯照墨
胡人眼圈发黑

黑羯羊皮
覆盖汉家软玉

八

马蹄莲下郊原血

拾一块铁

吃一服药

九

夜半鬼捣地

无他
无他

屋后萧萧白杨
鸱枭哭

十

野鼠窥星宿

莫睡
莫睡

银簪子挑灯
人等人

十一

门楣涂抹鸡血
墓地落下白雪

用鸡头祭祀的人
命里将开九把锁

十二

头枕鞋底
鬼不至

十三

二月乏羊
四月送先人衣裳

三月布谷头顶过
五月烧青稞

六月开镰
七月泡苴
大水灌进地洞

跳兔逃入手心
有意外收获

八月胡麻黄
九月水白淌
十月送大雁
牧猪倌盘炕要做新郎

十一月修缮农具
十二月数麻钱
一月喝白糖或红糖

无论何时生育
要将胎盘装入瓷坛
镇以青石
然后用红布封住坛口
埋入果树底下

周而复始

2004.5.2

今日青土湖

雪 乡

被雪覆盖的冬小麦
那些地底下的人
愿他们睡得甜美
永远不再醒来

野鸟儿
愿它们熬尽苦寒
看见早起扫雪的新媳妇
在扫净的庭院里撒上一把秕谷

阳光叽叽喳喳
落到地上
又飞上树梢

雪乡的寂静
让你耳朵充满血液
听见每一株枯木里
响起花的咯咯的笑声

雪乡孕育着激情

雪乡多么好啊
好得新鲜、忧伤
好得像一切都才刚刚开始
像我身患绝症的老母亲
白发变成青丝

——她也刚刚成为新娘
她爱着沉睡四野的白雪
她爱着白雪爱着美好的生活
而我尚未出生
我在温暖的母腹中
又怎能瞥见
一口柏木棺材
缓缓移向老家的墓地

2004.12.5

暮　色

即使大地有所补偿
即使土豆要被挖出
不必攥紧拳头
长眠的人
无物惊扰他们

寥廓秋野
落日
一只充满血腥的野兔的眼睛
瞪着
残山剩水间的鹰

在它身上
风暴重获大地的宁静
和我的一无所有

2005. 8. 27

薄暮杂句

一

白杨说些什么
坟墓里的人知道

秋水
竖立在马的耳朵上

忙前忙后的——
蚊子呀

二

葵花的花盘
星星的幼稚园

三

秋风散余财
别忘了呀

一只小老鼠的眼睛
留下几粒玉米几颗麦粒
留下星星，给天空

四

拖着缰绳吃草的马儿
雨后
我想带着一条浑浊的溪流
找你散步

五

我只是想
和那棵有疤的苹果树
和那几棵距离不远不近的梨树
在田野里站上一会儿

我只是想和它们一起
听听薄暮的声音——
有人相互打着招呼
有人吆牛有人喊羊
真切又遥远的声音
露水沾湿了我的衣裳

六

天气转寒
马蹄变硬

旅人呵
苍山一路瘦了下去

七

乌鸦

请以明月的形象
出现在我诗里吧

2005.9.17

一位老人的话

春天里瓜果蔬菜啥也没有下来呵
夏天炎热，啥都会迅速腐烂掉
我也不想死在秋天
秋天的羊肉多么肥美呀
冬天，我心疼得放不下我的孩子们
天寒地冻的，披麻戴孝爬起跪倒可怜得很呐

2005.9.18

凉州引

彩绘木鸠杖

古城塔尔湾之陶

西夏的作坊
一个聋哑的陶匠
在坛子的胚胎上雕刻
粗枝大叶的牡丹

风吹叶动
那半完成的花朵知道
经过火烧后
坛子会被驮上马背
会使漂泊者
有所依赖

走再远的路
里面的水都睁着眼睛

公主的水
半夜清寒
牧羊女的水
白天滋润

就像他忙活了一天后
用从胚胎上剔除的多余的泥巴
捏成两只没有嘴巴的鸟儿
让它们相呼

相呼着
露宿于萤火自照的天下

2006.5.7

古城谣

（古城，祁连山下一个宁静的乡村）

高高的白杨
深深的井
风中睡着我的母亲

麻雀忙碌
鸽子念经
白天的白杨下
睡着我的母亲

金星摇晃在树梢
大地端出灯火

大地宁静
白杨翻飞的树叶
拿出哗哗的银子
（多么无用呵）

月光哗哗

高高的井中

藏着母亲的银顶针

深深的树下

埋着太阳的铜汤匙

2006.9.24

夜深沉

——在武威城郊的一个夜晚

半夜
我从梦中醒来
看见窗户外面
东来西去的汽车橘黄色的灯光
萤火虫一样闪烁

轻盈、温暖
那些一闪一闪的光点
更远的祁连山
山中通往闪电的矿脉
黑得无声无息
像一条僻静的路
路上，只有我母亲孤单地走着

只有我母亲的影子
无车可搭……

我感到灰心

披衣站在窗前
漆黑的夜色里
那些跳跃的光点
泪水的冰碴
变成毫无目的的省略号
……

什么都不曾发生
什么也没有想

2007.6.2

阿弥嘎卓雪峰

鹰翅之上
灰白的雾霭
是阿弥嘎卓的雪

北方的天空
粘满雪粉的金轮
碾过坚冰时嘎嘎的响声
揪住一只雄性青羊的耳朵

峭岩之上
那只仰脸倾听的大青羊
要稳住一场雪崩
前蹄不敢轻易抬起

白姆措
让我指给你看
从雪峰脚下
指看——

鹰是驾车的马

凉州引

太阳的辂车
在雾中寻找它的悬崖之路

金轮嘎嘎的响声
在天地之间久久回荡

那只大青羊
已经变成铁青的石头
它依然坚持着
要稳住辂车
稳住一场呼啸的雪崩啊

2007.6.24

天堂寺

那些爱上石头的
和爱上马兰的蝴蝶
梦的翅膀一样轻盈

可是你我
多么不同

我供奉一盏灯
在佛面前
需要缓慢的时间和一生的耐心
从黎明到黄昏
我点燃水的捻子

你吐气若兰
你说：闪电是空中银楼
所有怕黑的蝴蝶都住其中

你的话来自天上
仿佛幽谷中的灯火
这灯火

为何不由我燃起?

为何我的嘴唇
变成悲欣交集的石头

2008.10.4

西凉季语

一

手心打起紫血泡
眼眶噙住泪水

绿破土
新如玉

二

桑叶圆，蚕无眠
称其虫，气死牛
尊其君，造新宫

三

从地头掐把芫荽回家
天空滴下青翠的鸟鸣

春天的石头

也有云的身子

四

月夜浇水
孤坟忒小
青蛙舌头忒大

思亲水流声

五

青柳插门头
遍配香包饮黄酒

猫儿狗儿也无忧

六

深宅大院的墙缝里
藏着先人的头发

夏夜蝙蝠飞来飞去
不知把人们纳凉时的话儿搁哪稳妥

七

星星踩折青枝桠

——偷杏的人
是个疾溜的哑巴

雪月照着荞麦花

八

寡妇半睡醒
听见邻家蚊虫声

夏月正红肿

九

秋雨稠

檐下雀儿抱云困
不知周吴郑王地高天厚

十

秋风紫
落日拔起胡萝卜

草露一堆
蚂蚱一嘴
人语依依薄暮里

十一

野烟湿
土豆秋睡足

野烟轻
银锹翻土月出云

野烟香
大火拍响铜胸膛

十二

中秋拜月
祭献的供果可以偷啦

求子的人连走带吃疾如风
不闻追喊声

十三

毛毛雨湿衣裳
闲淡话冷心肠

怨恨的人睡一起
磨盘缝里长蘑菇

十四

旅人
灰条上的白露

南山松色是哪家庙产
杂木河向北流去
残月把洗旧的毛巾晾在风中

十五

细箩观照
小鬼出门

秋雨接麦茬
醋浇烧红的石头
小鬼往前再走一程

十六

喜鹊窝
哪是母亲旧筐箩
秋雨针线连黑白

十七

狗皮帽子遮白眉
青石敲冰

敲冰担冰
榆影是借的细扁担

十八

大雪厚
雀嘴短

柴门的灯光

也像腊肉的油

十九

雪中狐狸回首望
村庄小麻钱

二十

雏鸟短喙的嫩黄

迎春花
跟母亲打的补丁一样新了

二十一

野鸭贴水呼喇喇

枯苇丛中一枝绿
旧人也似昆仑玉
白透翠

二十二

清水煮野菜
花马过雪山

春月呀
一粒青盐

二十三

丁香开怀

马蹄踏紫云
夜半飞出城

二十四

和尚向绿槐打个问讯

狗儿望见伙伴
后爪扬土欢

2011.4.17

土城牧场

——给万岳

溪水有结冰的时节
我们把牲畜饮水的水泥槽要修长一些砌宽一些
要把里面的落叶灰尘还有羊粪蛋时时清理干净
冬日黄昏，当牲畜们从枯黄的山野归来，进入栏圈前先要饮水
——我们大清早破冰取回的水在暖屋里存放了一天已经寒不伤胃
当它们饮罢，我们还要把饮剩的带有草腥味的略微浑浊的水排放干净

月出东山
一匹白马把头和脖颈伸进空空的水槽一嗅再嗅，然后
静静抬起头来怅望远方
那时我们早已进入梦乡，瓦舍的鼾声使起伏不平的山野更加寂静
我们浑然不觉——
松明火把，人声嘈杂，华锐部落的先祖们自高山危岩的森林中猎熊归来
其中有人还带来了一枚远比红宝石珍贵的麝香……

2011.8.28

 凉州引

雄关雪域

山　隅

—— 给画家奥登

溪水潺潺
天空的蓝和云朵的白
打开所有的卷心菜也再难找到

鸡儿觅食的草滩上
一片金露梅兀自盛开
热烈如黄昏炉灶中的柴火

在此山隅
谁能配享卓玛的茶炊
配享天籁之音和黄铜般静谧的日子

山腰缓行的牛角
恰似月牙儿光色动人的幻影出没于雾霭
可惜，我不是在溪水边对景写生的画家
——已经陶醉，已经忘乎所以
亦不是那牧人，正驱犊返家

一朵乌云带来一阵急雨
我，只是挂在牧场围栏的
铁丝上的一排排雨珠

2011.8.28

清　溪

滔滔不绝地说着
说着那些临流挥泪的人远去的背影
戍卒、贬官、商客抑或是
娶亲的花轿中恨别故土的女儿
他们都曾得到过它一掬明月的馈赠

他们与水交汇的眼神
山野不知名的花草可曾记得
他们的叹息留下溪流中冷冷的石子?

一鹰压低翅膀
看见它影子如漂木，如我身
如晚霜遇见篝火，泪水模糊

清溪自在，自言自语
多少年后，你或许从中听到我们
曾在它身边用松火烤肉木勺舀酒的老掉牙的故事

2011.9.11

钟鼓楼

燕子低飞
檐马叮当
雨来之前
青灰色的钟鼓楼
矗立在河西走廊的长云之下
像是红旗小学的语文老师

老师老师您贵姓
云间藏有您撞钟的槌儿么
燕子低飞，我们也飞
在1978年的钟鼓楼下飞来飞去

那时，钟鼓还在沉寂
钟鼓将要大作，有如电闪雷鸣

2012.6.23

凉州白塔寺

一百零八座白塔

萨迦班智达居中端坐塔林之中

萨迦班智达纵身驾乘一朵白云，和另一朵白云

以额相碰，合掌相庆——那是七百六十多年前，他展开

一条哈达如展开雅鲁藏布江的雪水，双手呈献给西凉王阔端

雪山作证，彼时西凉，蒙古汗国的马蹄铁

顿时翻作晴朗天空中无数鸽子弧形的翅膀

弧形的镰刀飕飕飕

月夜西凉割胡麻

在西藏，用太阳的光线束腰，一捆捆走动的青稞

他们是大地和神佛的子民，是与我们血脉相连的亲人

胡麻忘记说胡话，青稞梦想坐禅床

七百六十多后年，客过白塔寺

白杨萧萧

一片黄叶，又一片，缓缓飘落秋收后泡茬的水地

把一页页无字的金箔，并入我寂寞的版图

2012.9.15

待　月

群山之中
草尖的露珠
容纳落日
又苦又甜

落日是顶红盖头
露珠是顶冷帐篷

寥廓草原
牛粪饼垛成了墙
金露梅扇动着野蜂的翅膀

风吹
草动

即使风吹草动
秋草根底
大梦睡醒的人们
头顶虔诚的铜盘
露珠也不会

把我的心轻易抛洒

我不说话
我就这么站定在草尖尖上
盼望你
如仓央嘉措盼望着①
东山顶上

未生娘②的脸儿

2013.9.21

注：①传说六世达赖喇嘛仓央嘉措曾云游天祝，在石门沟一带居住，今存旧寺，距抓喜绣
龙草原不远。

②"未生娘"系藏文之 ma-skyes-a-ma 一词，大略为"少女"之意，出自道泉译六世
达赖喇嘛仓央嘉措情歌。

美丽草原我的家

凉州引

炭山岭

翻山越岭
一辆装满夜色煤炭的大卡车
往北，加足马力朝青海开去

它关闭的灯光曾经扫描的密林里
溪水奔腾，带着落叶松针背道而驰
进入新的黎明

河谷上下
牦牛把阳光咀嚼出青草的汁液
危岩之上，老鹰侧目
一个高僧在酥油的塔儿里坐化了

化开了
化开了

天闲云淡
一朵乌云
可能带来一场大雨冰雹
也可能带来一座白帐房敞开的门

野花是青草头顶乱跑的脚
雨雾弥漫，野花
是你我身影
急急奔走

2013.9.21

天堂小镇

雨后小溪挟裹着高山积雪和阳光的气息
亲爱的，我们且不忙随它去园子里摘菜
不用忙着洗掉菜根上的泥土

寺钟传送的金粉
是蝴蝶的晚餐
我们且去田野看看吧
看有多少蝴蝶
化身为明丽的彩虹了

虹桥这一头是甘肃
那一头是青海
无分地界的佛
是小镇最年长的居民
今夜他的左邻是你我
右舍是皓月

2013.9.21

黄昏牧场

绿啊，绿的火焰
有多少植物我都叫不出它们的名字
有多少细小的虫儿在各自的命运中潜行

我就拿我的无知
和莫名感动的泪水
加入这无边无际的静谧吧

溪流有溪流的方向
我有我的归宿

落日的手
带着温暖的余晖
把世界的皱褶一一抚平

山岭退后
草原领主的仆人弯腰垂首，谦恭如仪

2013.10.2

朔方的一个早晨

群山横亘
那摆脱了黑暗的马群是安静的
沿着山脊铺展到山坡平野的阳光
青嫩、甜蜜
仿佛正和西瓜上美丽的条纹
谈论着自由舒展的意义

如此辽阔的一个早晨
我还看到了在群山之中傲然生长的三叶树
巨大的三片叶子，借着风的力量
形成了一个绵绵不停地转动的叶轮
一朵向远方输送光明的花朵

如此辽阔的一个早晨
巡阅的车窗后是我经过岁月蚀刻的脸

2014.8.27

鸠摩罗什寺雪景

凉州引

西凉雪

十二月二十四日入故乡，是终身住所吗？哦，雪五尺

——小林一茶

一

罗什寺里的甘泉井
古佛这般充盈
雪眉积攒从古至今的新气

二

抄经扫雪
扫雪抄经
焙熟的青萝卜片熬酥油茶别有滋味呀

三

百衲衣
披坐披行过一生

廊前看雪。食指上的雪花一瞥就化了

四

风铃悬挂飞檐
舌头埋葬雪下
对天说甚对地说甚

五

有一个人从我心里走了
没有她没有雪
小麻雀你来在这净土落脚，说说话儿

六

从早到晚的雪下到远山去了
从一盏青灯倾听梅花绽开的声音
不如从我骨头缝里听到的真切

七

冻梨穿冰甲
市井晨炊的热气

鲜于羊奶

2014.12.27

附记：12月19日回故乡。20日大雪。21日清晨入鸠摩罗什寺散步，雪日空气清冽，不闻人语，鸟亦卷舌入喉，我自宁静喜悦，若有所思。回归兰州，得闲时分行追记。

空谷之听

布谷的啼叫
似银环在阵雨后的黄昏
把高原草甸轻轻拎起又放下

整个河谷只有布谷啼叫
忽高忽低
高于碧峰雪线
低于灌木草根

更低的是流水与谷底乱石的低语
混合着日落西山的冷静
与昨夜狼群咬掉一头雄牛的睾丸无关
与人的事情无关

水在流
布谷在啼叫
有谁还在叙说

2015.6.22

又过马牙雪山

群峰乱错
峰峰亮雪
峰峰硬语盘空

——可以借此险峰好牙
仰天长啸　但是不了
我只愿俯身一条清溪
半蹲半跪　用一块旧毛巾
捧起雪水好生擦一把脸
脖子和耳根后面都要好好擦擦

然后直起身来看看远近风景
半山腰上大片紫色阵云
那是六月的杜鹃花吧
在雪线之下庄重自若

仿佛此刻吸进我肺里的空气
无比清冽无比甘醇
仿佛雪水……

2015.6.22

凉州引

沙漠驼铃

雁　阵

清秋。河西走廊上空
向南迁徙的雁阵
变换着不乱的阵形
忽而降低忽而拔高

那碎银一般的雁叫声
揣进谁心里，谁都可以
逆风西行，遇店买酒

一碗浊酒
是胭脂泪
还是黑河水

秋风饮马
不见霍去病
黄芦白荻
休谈匈奴人

谁饮酒长歌
柔肠侠骨

谁愁心难托

指天数雁

2015.10.13

武胜驿

风和白杨总有说不完的话
尤其夜晚

风不谈张骞玄奘
不谈林则徐西去伊犁也曾在此打尖
何谈你我，虽然那一年我们结伴西游
到此停云
把羊骨头啃得干干净净
把雪岭的星星喝成了三生也化不尽的冰糖

风吹过
鸟巢沉黑
同林鸟各自东西
白杨成柱
诺言成灰

只有风和白杨
仍说不完

冒着风雪

凉州引

一辆长途客车从黑夜里崛起

到小镇上加油

2016.2.6

凉州引 乌鞘岭古长城

乌鞘岭

一把宝剑被闪电之手抽出剑鞘
那是西去的机车呼啸着钻出了隧道
那是正午。一匹于山脊上啮草的白马
它静静的影子，一块毡毯铺展在
向阳的山坡

——谁可与我共此一坐？天风浩荡
谁可与我默享大自然此刻的静谧

金轮轧轧
自河西走廊东端险峰陡岭
一路滚动，滚向彤云红透的西天
——那依旧是霍去病的征车杀伐无阻的影子吗

金盏菊承露
我的脚边已是星星闪烁灯火闪烁

2016.1.17

岔口驿外

青稞大麦加苍山寒日
当是带劲的马料
岔口驿走马横行天下
天下可有半个英雄三个竖子

岔口驿
锻打马掌和宝刀的遗址
与时闻狼嚎偶见野雉的打柴沟
一个树立着白漆黑字水泥站牌的车站
有几箭之遥呵

滴水成冰时节
冒着浓白蒸汽的火车经停小站加水添煤
带着棉帽检修的铁路工人
来回用金属的锤子问候车轮
暗夜里的星辰
又冻又甜的冰碴发出空旷的回音

东出潼关西向柳园
东方红的火车头长鸣一声奔赴远方

仿佛凉州词增添了铜琶铁板的蹄音
——依旧是雄风雷霆
古道绝唱

2016.2.13

黑松驿

黑压压一片松树林
怪鸟啼叫
月光照见苍苔上的白露
苍老的迅速苍老
痛苦新鲜如初

有人中夜起坐
梦见一把刀
两只别扭的鞋子颜色各异
他想起童谣——
"一样一只鞋
死了没处埋"

梦里是险怪的去处
虚实难测
流水忘记流水的曲调
着急冒汗

2016.2

古浪峡

在黄羊曾经活跃的胡关雁塞
土石齑粉灰白枯燥，从绝顶
一直铺陈到仅存水痕的河谷谷底

人非草木也生焦虑
后山炸雷　　雷声断绝雨意
运载石灰矿石的三马子早晚黑烟突突左撞右冲
在峻岭危崖满天烟尘里盲目而不顾一切地
寻找一线生机一条出路

记忆中的古浪峡云色凝重
一位怀抱婴孩的母亲乘坐长途客车
正在穿越上个世纪某个硝烟飘荡的黄昏

一只巡弋的老鹰
一座满目疮痍的大山
唯母爱的怀抱才是青山？
青山如何不老？
唯婴儿睡梦里绽放的笑容才是流水？
水流不断

借一个瞎弦的三弦传唱——

出了峡口到家中
我家原在凉州城
罗什寺塔高入云
回望古浪返了青
马兰草上黄羊飞

2016.2.13

注：瞎弦，又称瞎仙，武威方言，指会弹三弦说唱的民间盲艺人。

凉州词

我们还会去天梯山开凿石窟
塑造庇佑我们的佛祖吗

在梦里
我们又在大佛的脚背上坐下来
慢慢喝口热茶嚼口干馍
一朵云跟一只蚂蚁比赛慢走呢

一只蚂蚁
在一头不停反刍的耕牛的眼里
许是风度翩翩的字儿

二月开春　三月播种
有文化的蜜蜂都操花的心
在丝绸之路上忙着传递
花的情书　花的甜言蜜语

风清云白家长里短
由着麻雀去说吧
它们正集中在石窟周围返青发绿的白杨树上

兴高采烈

天下哪有不高兴的事儿
那被我们的梦想重塑金身的佛祖知道
每个人合十的双手里都没有
"不爱"

2016. 3. 6

清明书

这喳喳的喜鹊
迫切要将多么好的消息告诉你呢
你长眠于地下
地上劳作的人们洒播种子的手臂
好似杨柳返青的枝条儿轻盈柔软
在风中优美地摆动
他们是你曾经熟悉的人的影子
或者是那些影子的热汗涔涔的影子
乡音依依
亲切得令人忽略了高压电线中嗡嗡难听的电流声

喜鹊喳喳叫
集合了白天和黑夜全部的热情与耐心
喜鹊要将多么好的消息告诉你呢
杏花开了，蚂蚁身手敏捷
从今往后蚂蚁要把上场亮相的重大机会
郑重托付给雷电
雷电可以泪雨滂沱涕泗横流
你长眠于地下
时间已经让我们忘记悲伤

我们来此看你，心头清明
湛湛蓝天下有说有笑
让你躺着高兴看着儿女们高兴

等我们转身离开
让天空提着星月的水果篮
来到你膝下，学我们一样
继续陪着母亲开心陪着大地开心

2016.4.2

凉州相会

——赠柯兵兄

古凉州
一只青蛙在叫:
古马，古马

　　——才旺脑乳

舌根不烂
凉州有粮

在凉州
一位藏族诗人
眯着眼睛对我说——
"我要娶一位莲花一般的姑娘"

——那是前秦与后秦之间的阳光
——那是凉州的今天和明天

莲花即妙法

他的笑容多像是玻璃杯盏中晃出的葡萄酒

在鸠摩罗什的经文上慢慢洇开

2017.9.17

喜　雪

飞鹰折翅
雪峰刀头不可飞渡
松树集中在半山腰里
庇护獐鹿雉鸡

纷纷大雪
路上行人已绝
榆树黑瘦的影子
主宰平野

那时老鸹寒号
石头冻馁
纷纷暮雪
天下都黑透了
一苗灯火
三更跳起
仿佛迎接春神

大雪之夜
爷爷从山里回来了

一瘸一拐，雪眉入户
他走私捎来了青海的大颗粒晶盐
还有青稞面糌粑，香甜的味儿
沁出冰碴

2018.12.6

杂木河

雪水从祁连山中流出
一直往北
村庄，一座比一座荒凉

从前磨面的时节
似乎总在下雪
雪很大，衣服鞋子都很单薄
流水帮人
流水之上再不见
松木的磨房
马灯，在小小窗口里晃荡
黄昏亮到五更

杂木河
仿佛我母亲血管中久远的河流
她身患绝症的时候
想要去到山根河的上游
坐一坐看一看

今年夏天

母亲故去十二年了
我回到故乡找回杂木河上游
坐了一坐
看了一看

河里的水流很小
干旱
把祁连山的雪线又推到了新的高度
雪线以下，松林青黛
那里是香獐马鹿熊瞎子和蓝马鸡的家
细小的雪水四面八方从石头间生发
从云缝里生发，从我母亲
没有了一切的心里生发
然后，在我头脑中汇聚
浩浩大水流出山口
一直往北

往北
青畴万顷

2018.12.11

武威下雪啦

一

下雪啦
我出生的乡村
白杨的田野里那么多的坟堆
祖父的祖母的母亲的婶娘的，以及
更多的邻里乡亲的坟堆散布在四周
在越下越密的雪里
它们焕然一新再也没有半点生分

新雪
就像住在其中的人活着时的语言
重新散发出泥土的芳醇的气息

二

牛在庄院后墙下甩动尾巴
反刍着漫天风雪

我祖母活着时说，牛负轭

太苦了。她的话像雪花
清晰地落在牛忽闪的眼睫毛上

我祖母祭献神灵有时用牛肉汤做祭品
但她动荤腥，不敢动用牛肉
她说牛负轭太苦了，还要挨刀
这辈子不吃牛肉下辈子不敢当牛

三

黄昏把落在院子里的雪扫开
空出一小片潮净的土地
撒一些秕谷，间杂在新落下的雪粒当中
引鸽子下来，引几只小麻雀下来
屋顶上都是雪，天地间都是雪
它们还能去哪里呢

黑暗在胃里焚烧着
我记起那晒干的蒙尘的胡萝卜
我童年的手指那般粗细
却集聚了世界上最复杂的皱纹

四

老鸹也是贫下中农
它们蹲在冰雪的田埂上召开社员大会
飞雪，白如黑棉袄里露出的棉花

五

我想起乡村中学的一株松树
和它枝柯间悬挂的钟，我想起
上课的钟声，我母亲手拿粉笔盒
走进教室的背影，我想起
教师宿舍的玻璃罩子灯，绿色的灯身

那枝柯间悬挂的钟在黄昏打响
下课的钟声
星星满地，松果遍野
一盏玻璃罩子灯在冬夜深处早早亮起

六

装满木柴的车厢在颠簸
雪，坐在高高的晃悠不停的松枝上
新鲜，白嫩

这是一辆进城的解放牌汽车
车尾冒着蓝烟
雪路，凸凹不平

我和姐姐被闪在一旁
煤油灯
又黑又瘦
被闪在乡村清寒的夜晚

七

雪的生日
雪花如此欢喜

我们推着石头碾子
把晒干的洋芋片碾成黑面粉
雪花围着我们转圈
地上天上

水井不远
石头镶砌的井口早都结冰了
还冒着热气

八

黄昏的巢窠里
鸽子咕咕

白杨高梢摇
田野静悄悄
死去的人
想把满身白雪掸掉

犁铧沉静
捆麦子的长绳也要松松劲
镰刀疏远磨石，各自安生

九

鸡毛毽子高
长庚手叉腰
鸡毛毽子飘
米汤养人好
鸡毛毽子低
小路追大路
鸡毛毽子斜
明年头戴花

里拐外拐
漂洋过海
鸡毛粘脚背
雪花恋黄昏

苍山动心
要抬脚进村

十

雪一直在下
从现在下回过去，或者
正好相反

雪风长驱
霜流皴明
但道路习惯和寒夜的路基一起
往更深的寂静里走去，走得更远

我缄默
我的骨头有着比积雪珍贵的清醒

2018.12.3

送　行

过了西固
河口永登华藏寺乌鞘岭打柴沟岔口驿黑松驿
古浪峡黄羊镇……
那些沿途要经过的地方火车都不会停留
自今晨，自一场雪中，一列火车出发
黑色的铁轨留下幽冷的光
像古人骑马远去，雪上空留马行处

古人庄重
鞍囊里有些赠别的盘缠
马儿也走得格外慢些

高铁轻快
今人非是不重别离
那些记忆里的地名
雪霰中的银两一明一闪
火车已到西凉

塔安僧舌
家中生火

2018.12.28

天梯山雪韵

凉州引

如 约

到边陲一座荒凉的小镇
没有我们认识和认识我们的人
镇子西头，是一望无边的戈壁

落日庄重
如走红地毯一般
挽着寂寞
缓缓走向
神秘圆满的殿宇

两墩芨芨草交头接耳
头发中有些风沙
我们肩并肩地坐在一起
面朝西方金光炫目的屏幕
渴饮余生：谁说我们无所回归
我们热泪盈眶
温暖的电流不禁从心里交会
传给那些蹲在电线上的麻雀

小小麻雀

今夜你们去睡在红柳的家里
在落日向世界投来善解人意的一瞥里
月亮，会如约赶来
把羊毛的银毡
披在我们身上

2020.6.6

天堂寺：早课

这黄铜的盏盂要反复拭擦
擦至心底洁净，盛以清水
供奉佛前
——在这每日的早课中，谁愿是
那一位年迈的喇嘛，缓慢、从容
他已经坚持了大半生，他的耐心
像浸透捻子的酥油，在光明殿
供奉一豆光明，热力绵绵

寺外河水，一早赶路的人
精力充沛，兴冲冲加快脚步

虞美人寂寂开放
花瓣露水
霸王功名

柏烟香雾的僻壤：青山低昂，如寺庙门槛

2020.7.5

山　行

一只在半山坡吃草的牦牛
在它怀疑的凝望里
我只是一个孤独的黑点
重于片云、鸟鸣
异于满山紫色的杜鹃

我将沉入没有你的黑夜
数着星辰
那河水中永远也数不完的废铜烂铁

2020.7.12

祁连山中

三月将尽。山岭依然枯黄
坚冰融化
风声、水流之声
扩充峡谷的寂寥

受惊的羊只飞速攀爬阳崖
立定于砾石纷纷滑坡的半壁
警惕回望——

一台白色的越野车偶然闯入
在谷底停住
几个人影从车里钻出
到马路边观望、溜达
有人去到背风处小解

一对灰天鹅从水面掠翅飞走
飞往何处栖宿
我们，又将魂归何处

2019.3.31

凉州引

祁连山秋色

白塔寺晚荷

秋风吹，木叶黄
这一池的荷
如被冷热翻动的经文
秋霜留在萨班指尖
沧桑渗透荷叶经脉

那垂首的莲房
脱离了形容枯槁的形象
合掌皈依于水中倒影

雪山的倒影，如白塔
亦如一枚莲子
种入我微澜漾动的心田

暮晚的梦想里
有我永不分裂的疆土
如昨日的爱
如青莲，落了又开

2020.10.6

雷台古槐

雷电的车马驰入地下
也不能探测到它根系的尽头

金印陪伴白骨
王侯满嘴尘土
绕过死亡的墓穴
槐根喝到甘洌的雪水

在雷神的第三只眼睛里
那被暗暗吸收的雪水升至古槐冠盖
是华严殿宇的穹顶
是天地人和飞龙交颈的隆重场面
是电母风师你争我吵行云布雨的阵图
是绿野春耕蜃气飘摇
是母爱一般殷殷的庇护
日日夜夜庇护着西凉这一方热土呀

醉来醉去
斜头蚂蚁
花香白，云香绿

雷台下，一个牙牙学语的儿童
拈着草茎逗弄蚂蚁
谁的家在河西
顶天立地一男儿

2020.10.6

西营温泉

从冷龙岭下来的雪水
和干渠旁成排的白杨
从一大早就各说各话各弹各的调子

十月红黄
偷来虎皮的斑斓
这里曾是吐蕃故地
弯弓骑射天狼的勇士
名字早被风声埋葬了
你说起和亲的弘化公主
在偏于寒凉的西陲
在此饮乳酪啖腥膻的山乡僻壤
终于找到了
可以治愈乡思和皮肤干燥症的药泉
——就在萧萧白杨和泠泠雪水的话音外
热汤从乱石间滚滚涌出
如白莲盛开，如仙乐阵阵从天而降

哦哦果真是弘化公主的白莲
让个个试水的儿童变成花蕊

他们无忧无虑的笑就是今天和未来的黄金
哦哦哦哦果真是阵阵仙乐从地心升腾
让我们心耳洞明仿佛洗掉了三世积垢

——我们真的飘飘然似曼妙的飞天了
在西营，刚一触水我们就与阳光一同
深深地酥醉了

2020. 10. 7

平沙夜月

月出腾格里
玲珑的影子让我想起一只汉代雕花的灰陶罐
悬挂在年轻农民的棚圈

那罐口儿残缺的灰陶罐里装着西番麦的种子
种子留下，他把那祖传的玩意儿脱手相赠予我
他要在大沙漠边缘打井垦荒要在盐碱滩上种植星星
他憨笑着说他能骑着骆驼追踪到能说会笑的银狐
在落雪的沙漠深处，找到一树开花的红梅

……青壮能几时
旧地重游不见故人。沙岭远近
营帐遍布的观星小镇和旅行探险的车辆如蚁
沙雕群落，老苏武把羊群拢聚
昔日犬吠驼惊星火冻缩的邓马营湖
绿气晴光
月亮在石羊河中如在一本书里新增加的页码

2020.10.8

天梯古雪

大佛披旧的袈裟
和山的皱褶里的积雪
一样的薄凉呵

白杨瑟瑟
暮霭中
下山喝水的黄羊
喝到落叶苦涩的味道

乌鸦飞过
投胎钟鼓
钟鼓的清晨
云是藕荷色的

突然想起的人
水波涌上大佛脚背
又落了下去

水里星辰
寒窑依旧

前村后店
前后不见那王宝钏

朔风急
一马离了西凉界

2020.10.18

凉州引

武威莲花山兽纹石

罗什塔院

开土种菜
小雨时节
蒙蒙绿气留待客人妙似香茶
雨淋铃
塔铃说些什么
无关紧要
都好听

秋天
菜圃里萝卜已经粗壮
胀裂土地的声音
被暖阳爱抚的麻雀一再压低
麻雀也来诵经
也都好听

三寸舌
千古塔
远处的祁连雪峰
被月夜的塔铃

轻轻摇醒

夜半煮茶
我们若在一起
会说些什么

2020.10.19

凉州月

母亲，火车快进站了：早晨六点多
田野里黑沉沉的，透过车窗
我看见积雪、瑟瑟枯草
苦杏仁大小的月亮——

从前，你们还住在市区的平房里
储存的白菜都结了冰花
炉火上炖着羊肉，满院香喷喷的灯火
等我从外面回来的脚步声点亮……

老大不小，我又回来了。母亲啊
月亮那苦杏仁淡淡的清香
只有我能替你闻到一丝一毫

一丝一毫，便能使你得以宽慰？

2020.12.6

入罗什寺

无需多余的东西
何况进入一座寺

何况多燕子
何况闻布谷
塔安原地
何况天蓝如布

披坐披行
塔影
始终以逆反的行动
默念着太阳

塔影迈入一口古井
请带上我心中九座雪山
无须语言
冷暖自甘

2021.6.14

冰沟河取景

——赠凉州诸友

鹰的家族
在晴晕的高空表演飞行的方阵

从松林覆盖的岩壁边缘
数十双翅膀突然同时出现
排云直上

谁能察觉大山的山体有一阵轻微的地震
鹰唳清，草木黄
微风在起伏的山野传递着一个骚动的讯息

走兽窟穴昨夜霜
马莲滩头锈石寒

在那些稳健滑翔的翅膀下
很快，一切都复归平静
溪流潺湲
一切如常

唯有一只停止吃草的白牦牛
背倚苍山
与我远远对视

它有着和鹰的家族相同的
苍茫辽阔的背景
转而好像在低声问我
你啊，你有什么

2021.10.6

唐代菩萨造像赠友

一尊唐代的菩萨造像
赤足立于莲花之上
略垂的双肩上头颅早已不知去向

不知去向的头颅
是否仍会低眉含笑
是否仍旧渴慕汇聚光亮于舒张的眉宇

在古凉州古柏森森的文庙
无头的菩萨用肚脐眼呼吸着
一个清晨新鲜的空气

就是这尊腰肢美妙的菩萨
衣带飘飘
似欲远行
方趾妙相
妙似红叶上大如滚豆的露水

秋天深了，肃静的庙宇之外
是热气腾腾的街市

是食客后背沁出微微热汗

——清水流过心头的日子

才是最平常最真实的日子

才是菩萨和我们脑子里最美好的想法

2021.10.6

附记： 10 月 3 日、4 日清晨与老友约往南市同食，且先后走访鸠摩罗什寺和文庙，遍览文物，闲读碑文，因而有作。

龙首山下

紫荆花开成海了
花海周围有我的亲人和旧时相识

想起故去多年的姨妈
我该头顶月亮，祭拜她一番
她在病中，曾送过我一副
亲手绣的鞋垫，喜鹊登枝

明早喜鹊或许会唤开她旧时家门
而我却要早早出发，越过西大河
更西，渡过黑水

秋天风大
把月亮吹得干干净净
像一只剥了皮的羔羊

2021.10.24

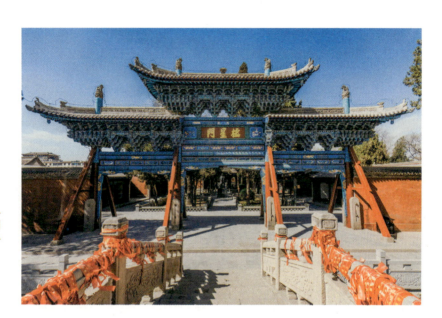

凉州引

武威文庙

河西雪野

一座即将安装完成的高压输电塔上
有人在空中作业
还有几个忙碌的身影，戴着棉帽
在高高的塔下，从一辆停在附近的卡车上
运送材料

村庄如新雪覆盖的劈柴垛
实诚而轻盈
炊烟生动，散入旭日
距霍去病鞭指过的烽燧抱守的残梦
已相去遥远。群山逶迤
一支在雪中摸索的队伍
离开村庄，向着星星峡缓慢行进

流霜烁银
在输电塔排列向地平线的旷野
光伏发电板如无数甲胄之士组成对空方阵
硅晶的鳞甲收服眦眦的日光

一只喜鹊

从高速公路上方飞鸣而过

积雪和白杨的村庄，有她的表亲

2022.1.4

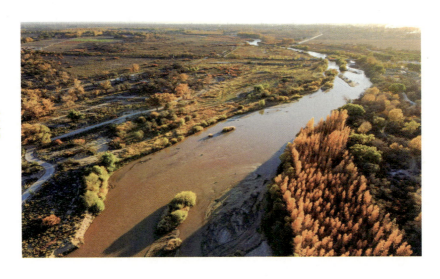

凉州引

金秋石羊河

气温骤降的夜晚

北地。一座急剧失温的人工湖上
烟水蒸腾
一双急于摆脱冰的围困的手
升入天空，抓取一把铜质的长勺

如果此时
雪月流霰
从湖心小岛传来野鸭切切的叫声
如烛火穿过黑暗的门廊
我们便能从深陷的噩梦中得到拯救

2022.1.9

过河西遥望雪山而歌

世间的人啊
杏花的香雪还没有闹够
李广杏就青了就黄了

如果黄尘就是黄发
遥望雪山的人怎会内心伤悲

雪崩倒涌
碧空堆满了无尽的丝绸

2022.7.15

杏树谣

雪山戴银冠
三月穿轻衫

耕牛　破天蓝
天上水滴
是布谷鸟撒播的消息
布谷，布谷
蚂蚁是土生的钻石

杏花笑盈盈
老枝依寒门
白加净
夺了青云的魂

五月烧青粮
七月杏儿黄
月夜睡到屋顶的人
果实垂弯的青枝
弯向眉骨

凉州引

雪山皓皓
寒门渺渺
星眼在觊觎
绿火闪耀

黄金贵有仁
红云苦无价
一曲乡俚酸又甜
杂木河水清且长

2022. 7. 23

井水谣

厚厚的草木灰垫在了栏圈
眼神温柔的花母牛
回头舔舐着一边拱奶一边嬉闹的牛犊

炊烟和柴草味儿熏醉的黄昏
鸽子在屋檐下嘀咕
像盲人摸索三弦的手指

西风吹
石碾推
猫儿念经
白面粘嘴

穿过白杨树伫候的土巷道
谁家的孩子脸蛋红扑扑
笨手笨脚抬着井水晃荡的木桶
把甘冽的金星抬进家门

村口水井
是祁连山下马的眼睛

在冰雪当中几多热情

几许幽幽

2022.7.23

 凉州引

一画意祁连山

挖土豆谣

等新麦归仓后再去挖土豆吧
让南风尽情吹拂
让太阳把更多的热力和糖分
通过覆盖地垄的绿蔓输送给它们
让它们在暗中再长得壮实一些

等秋分后再去挖土豆吧
白露纷繁
提秧则散
滚落田野的土豆个个大过吃饭的碗

我们如此地欢喜
有人在月亮姗姗来迟的傍晚
迫不及待用土块就地垒起了窑灶

我们把铁锹都放在了一旁
兴奋地搓着双手
让烧红窑垒的火光照着泥与汗的脸
土豆烤熟的香味开始四处乱窜

边地蓝莹莹的胡麻花

秋天鸟儿的眼睛

也和我们一起沉醉了啊

2022.7.24

琵 琶

凉州故地
葡萄美酒和星辉交相流溢的夜晚
琵琶声起
轻云微酣
黄羊在红柳的古滩头侧耳凝立

红氍毹上
胡腾儿双靴腾挪鹘身起落
邀月却月，珠帽偏斜
劲健的生命为何只是一阵旋风
飞扬的眉毛和多情的眸子
为何只在一阵旋风远遁的漩涡里
灵光一现呵

千载遗憾
只留下了琵琶的余响

岂止留下了余响
琵琶倾诉的弦音和拱形的琴房
不正是雄强与柔美的灵魂永世的寄托

为流沙掩埋的只是驼铃的坠简
只是胡商一线驼队的背影
消失进半轮落日

善会翻新的琵琶
今夜单为一列飞驰穿越欧亚大陆的机车伴奏
反弹琵琶的飞天细眉凤目
正在云中舞动长带飘垂的腰肢

2022.7.31

一张老照片

父亲和母亲并排坐在前面
父亲中山装上衣口袋上别着一支钢笔
母亲烫了发，右手自然地搭在左手上
我们姊妹四个笔挺地站在背后
穿着过年的新衣，背景是
晴空下的楼房，花木掩映
——照相馆布景就跟真的一样

四十年多前
他俩比现在的我们都还年轻
笑容灿烂
大姐知青进城已在铁路上班
二姐刚招工，我和弟弟还在念书
无忧无虑

照相馆那座二层的小楼
位于西街十字路口西南角
百年前曾是凉州的青楼，铺着
厚厚的木地板，红漆斑驳
来照相的人不惯鞋声橐橐

都蹑手蹑脚

……

后来高楼大厦雨后春笋般崛起
那春花秋月的小楼
何时被新的建筑取代，不知其详
我只珍藏着在那儿幸福一刻的留影

可母亲只在发黄的照片里
她没能看到我孩子的孩子
年已四岁

2022.10.6

相似性

针尖明亮
缝纫机连续不断的走线声中
有蝴蝶，自母亲手下翩翩飞出

附身在缝纫机上
仿佛踩着一台脚踏风琴
双手在黑白琴键上弹奏

多么相似的一刻
春天的二重唱
由母亲用沉默的背影完成教学

缝纫机已成舍不得放弃的收藏
机头上留有母亲的手温
沉寂的只是时光，母亲啊
你还在上一堂音乐课
蝴蝶每年还在故乡飞来飞去

唤醒花草的清香
和豆荚里阳光的笑声

2022.10.23

五凉文化博物馆

凉州引

凉州雪四阕

——赠万岳

熏醋和曲酒烫滚的黄昏

风雪入东门

鼓楼上檐马叮当如儿童欢畅

唯大云寺钟肃默庄重

白雪装饰的屋顶

轻舻万艘泊在夜的港湾

灯火悠悠　我心悠悠

买早点的人总比清早还早

风雪出西门

野葱花的炝香勾着

臊面的沁芳热窜街道

西郊有鹿　白杨立雪

冒雪出操的学生队伍里有不甘掉队的女生

翠巾飘飘　雪花飘飘

老僧说经　立不化之舌为千年宝塔

风雪弥北门

关门见门
僧人求法如雪花舍身入海
海藏寺寺藏宝卷如拥千树万树梨花
弹不去的青云在夫人台的琴弦上
琴心切切　我心切切

吹开梨花的北风掠地而过
风雪破南门
天梯悬冰　天梯不可登
佛在冰冷的石窟里燃灯扪虱
何以扪虱自责　何以渡人
大雪覆盖的垄亩中有我先人的坟茔
睡梦渺渺　我心渺渺

2022.12.4

葡萄架下

南有樛木，葛藟萦之。
——《周南·樛木》

一嘟噜一嘟噜的葡萄挂在
葡萄架下
下雨的日子
一阵风吹来
碧叶萋萋
水珠纷纷坠落
如一个年轻身影扯起袖口
擦一把额头的汗水

葡萄籽在每一粒圆熟的葡萄中
如胎儿闭着眼睛偷听
雨水滴沥
鸽子嘀嘀咕咕
麦草和泥土混合着炊烟的味道
渐渐飘散开来

葡萄的枝蔓爬向廊檐

一只公鸡独立在东窗下
大红肉冠像雨中火焰
不远处是饮牲口的石槽
粗粝而稳重

祖母母亲和婶娘
从农田中收工回来了
她们似乎从来没有离开过这里
没有离开凉州塔尔湾一个久远的家族
母亲黑油油的辫子垂过双肩
而我们，众多姊妹
或才出生，或正在胎中

碧叶蓁蓁
葡萄枝蔓荡悠的触须
如嫩绿的时光
再次把福禄引向过去和未来

2023.1.1

雪　霁

乡下的雪
雪雾清新得如冻梨的水
融入热肠

一只母羊
拴在庄户外的闲田里
两只羊羔围绕身边
和母亲
一同咀嚼着玉米的秸秆

那种进食和反刍的声响
干爽、迷醉
如同三弦没有杂质的谐音
穿透了清晨的阳光
四野积雪更加沉静

松雪为障
祁连横断青海
坚守着清白
北面是累累坟茔

物是人非，在田畴
新雪的滋味始才渲染着新春的气氛
新人履迹一经蹈践雪地已如陈醋麦酒

2023.1.26

凉州南城楼下

——赠陈万能

南望祁连，匈奴的天地
皑皑积雪，被日月
翻译成青黛的松色和鹰的语言

鹰唳如号令
如穿透岩石的松根与闪电
在杂木河的上游分派支流
一对对巡逻春天的雪浪轻骑
从月夜，或清晨肃肃出发

雪拥青麦，浪人贤孝
青麦地里埋着我祖先的骨殖
深情岂可言说，三春岂能报答
南城楼下，一把三弦仍在诉说着
《白鹦哥盗桃》①的故事

倾听的杏花从黑铁的枝条中
纷纷跑了出来像放学的孩童

像时间又退回到了年少

祖母和母亲还在等我
回家吃饭

2023.4.9

注：①凉州贤孝，是主要流行于以凉州区为中心的武威地区的一种古老的说唱艺术，多以三弦伴奏。《白鹦哥盗桃》是凉州贤孝的传统保留节目，宣扬孝道。

宁昌河谷的谈话

五月。山外杏花才开
山中草木犹黄
山头积雪岭上白云
但有远近不分亲疏

河谷里涧水淙淙
穿行于乱石之中冰板之下
野桥数处在暖阳里等待什么

请跟我来吧,铁穆尔
带着你的乌兰和爱犬
从夏日塔拉草原赶来
来到这松林驻守的河谷
与我们共度美好的一天

散放的高山细毛羊
染着花花绿绿的颜色
如同带着尧熬尔人的姓氏
远离牧户的棚舍
在山野里啃食黄金的草芽

一只受惊的母羊紧跑几步
在野桥旁侧，一边护着吃奶的羔子
一边朝我们回眸
而那惯于在悬崖峭壁俯瞰和沉思的岩羊
未曾出现，只有从雪山陡岭失足的黑熊
在你惋惜的话语里闪过

大雪的日子总是艰难的日子
大雪染白了多少人的须发
大雪掩藏了多少憨憨的骨肉
你说，你已经拉了几卡车的松木
劈成烧柴，码放在夏日塔拉草原的家中
草原也如同此地，也如同九条岭上
七月八月花始盛开
你家中壁炉从秋天一直要烧到立夏
夏天，星星在草原深处集会亲如兄弟
夏天的夜里，壁炉里的火也要烧旺
朋友去了，有酥油奶茶
宰牛煮羊，九月十月，连蘑菇都肥了

你小小的爱犬，时而跑在我们前面
时而在你怀抱里，眨动着水墨的眼睛
听我们说说话话，往河谷深处走去

褐色的松果已经风干

落在松下，又轻又空如大千一梦

其中的籽实或被一阵风带走

或沉入泥土

仿佛语言

阳光的种子

2023.5.7

武威出土铜奔马

凉州引

落日的追问

不要惊呼落日又大又圆
是一座无法用想象建造的幸福食堂

漠漠平野
绿树四合的村庄
哪还有痴心的牛郎沉浸于织女的歌声
"夜静犹闻人笑语
到底人间欢乐多"[①]

村庄冷清
尽管绿树婆娑依依不舍
守望的老人渴望着最后的温情
奈何落日也怕空落
也会饥渴

像外出打工者满怀希望的背影
落日正在
日夜兼程赶往西天取经

西天佛祖

没有后代却为何享受十方供养

香火不断

2023.6.27

注：①"夜静犹闻人笑语，到底人间欢乐多"，出自黄梅戏《牛郎织女》。

花　海

花草汹涌落日

落日是一个人的背影
是提在手里的小皮箱颜色暗红
不管多么留恋，一步一步
往地平线下挪去

一列停在花海深处的绿皮火车
似乎落日就是刚刚从这儿下车的
似乎忧伤的灵魂正从车窗里向外探望
直到望不见那落单的形影

无可簇拥的花草
终于梦醒一般从天边反噬过来
将整列火车淹没

在事故地点
几只红嘴玄鸟兀自议论着薰衣草的味道

照临月光

2023.7.8

凉州引

沙漠绿洲

石门云

石门开，细雨来
八月的山中
旱獭串亲

旱獭作揖
猎人成佛
夜来石门河水涨了几许

人间有多少忧患
山花哪里知晓
金露梅和紫色杜鹃
已自烂漫

垂顾四野的云
马牙之雪在天庭若隐若现
若杀气，峥嵘难掩

野桥横陈
山乡僻壤哪一片云中
仍有朽人痴心不绝

想自渡渡人

唯有白牦牛在半山坡里吃草
细雨乳雾中回眸
安天下若素

2023.8.12

凉州金河镇：四棵梨树

你信吗
有一只浑身煤油的老鼠被点燃
还在四棵梨树的年轮里疯狂逃窜

你信吗
晕头转向的火鼠从 1976 年呼啸的北风里
盘旋直上，一头扎进了群星

在梨花盛开的春风里涅槃重生
有喝醉了春酒的人被众手抬回家去
梨树下经过，如过年锣鼓热热闹闹

梨花鲜嫩，像小学课本里的生字
母亲年轻的侧影是晨光最美的导师
在公社校园里，在四棵香雪绽晴的梨树下

梨花几度，如今
见过的人
有多少已谢世经年

谢世的人都在四棵梨树的年轮里打坐
都已闭门谢客
你信吗
故地重游，我也被谢绝

风吹树叶
冰冷的声音念念有词：不认识

秋　祭

节逢中元
雁背残阳明灭
返照野外孤坟

柏露坠，玉骨冷
十七年，音尘断
凭吊无语，西风里
谁的心事已成堆灰

秋虫唧唧
青纱帐里沉甸甸的苞米
等待着收获
吹老青天的晚风
吹拂着沟渠边的白杨
好像母子之间
总有说不完的话儿

村庄永久
六畜兴旺人安其田
足食①有信，仿佛天下

没有发生过变故灾难

月亮刚刚升起
照彻祁连——
一列青岫
一列开往过去和未来的火车

2023.9.3

注：①足食，出自《论语·颜渊篇》。子贡问政。子曰："足食，足兵，民信之矣。"子贡曰："必不得已而去，于斯三者何先？"曰："去兵。"子贡曰："必不得已而去，于斯二者何先？"曰："去食。自古皆有死，民无信不立。"

秋天的傍晚

回城的汽车
穿过苞谷茂密的田野
月亮的村庄，呈现出
火柴盒一样清晰的轮廓
宛如记忆

父亲在车里大声咳嗽着，就在刚才
我们在庙台子地的祖坟里
设了香烛，摆正供品
祖父、祖母、母亲，还有婶娘
在灰灰菜和冰草下面
暗暗注视着这一切，父亲和叔父
在烧化纸钱的火光中小声祷告

回想起多少年前的某一天
父亲在庄院黑乎乎的灶房里
用煤火炖一只肘子
加少许青盐
无其他佐料

香气渐渐漫出天窗
等骨酥肉烂，亲手盛出一碗
看着他，父亲喜笑颜开
蹲在灶头前热吃下去
他才推着咔咔作响的二八大杠
安心离开
赶去几十里外的公社上班

车窗外，凉风呼呼地吹着
白杨戴月
迅速向后退去
父亲大声地咳嗽着，有点激动
仿佛逝去的亲人
正在享受着营奠的酒食

2023.9.4

次　日

草地上有霜
松林中有跌落的松果

一只小白鸭
在冒着热气的溪流中游动
偶尔发出单调的鸣叫
似在求偶

周围黑黢黢的参天大树
许多已经活过百年
静气清幽

多少人事已如昨夜星辰
天狼星下
塞翁失马　醉酒对花
青冰上的牡丹　大叶粗枝
白净如你

深夜里来的太阳
心攥成一疙瘩冰糖

心若不能换心

换个金顶针

搁在东山顶上

2024.1.11

寄　语

——为"月出凉州·武威诗会"所作

这是自古以来有粮不凉，歌舞婆娑，诗酒洋溢的热土
这是雪岭横断青海，远上天山，广济草木苍生的福地
三弦动情，柳迎千里春风，天马行空，海藏①十万宝卷

天梯②接引曙光，石羊③泛绿漠野
乳雾潮湿的土地依然热心
依然等待着晨兴的劳动者开拓的身影
如同等待着初恋的情人向她走来

是的
这是依然可以播种梦想创造未来的厚土呀

注：①海藏，指海藏寺，又称清华禅寺，位于凉州区金沙镇李磨村，始建于东晋太兴四年（321 年），被誉为"西北梵宫之冠"。

②天梯，即天梯山石窟，位于甘肃省武威市城南 50 公里处，创凿于东晋十六国时期的北凉（397—439 年），由北凉王沮渠蒙逊召集凉州高僧昙曜和能工巧匠开凿。距今已有 1600 多年的历史。

③石羊，指石羊河，是河西走廊的重要水系，发源于祁连山脉东段冷龙岭北侧的大雪山，干流流经武威市凉州区、民勤县纳入青土湖。